AUGUST 9TH, I WILL BE EATEN BY YOU

tomomi 1

Aus dem Japanischen von Jens Ossa

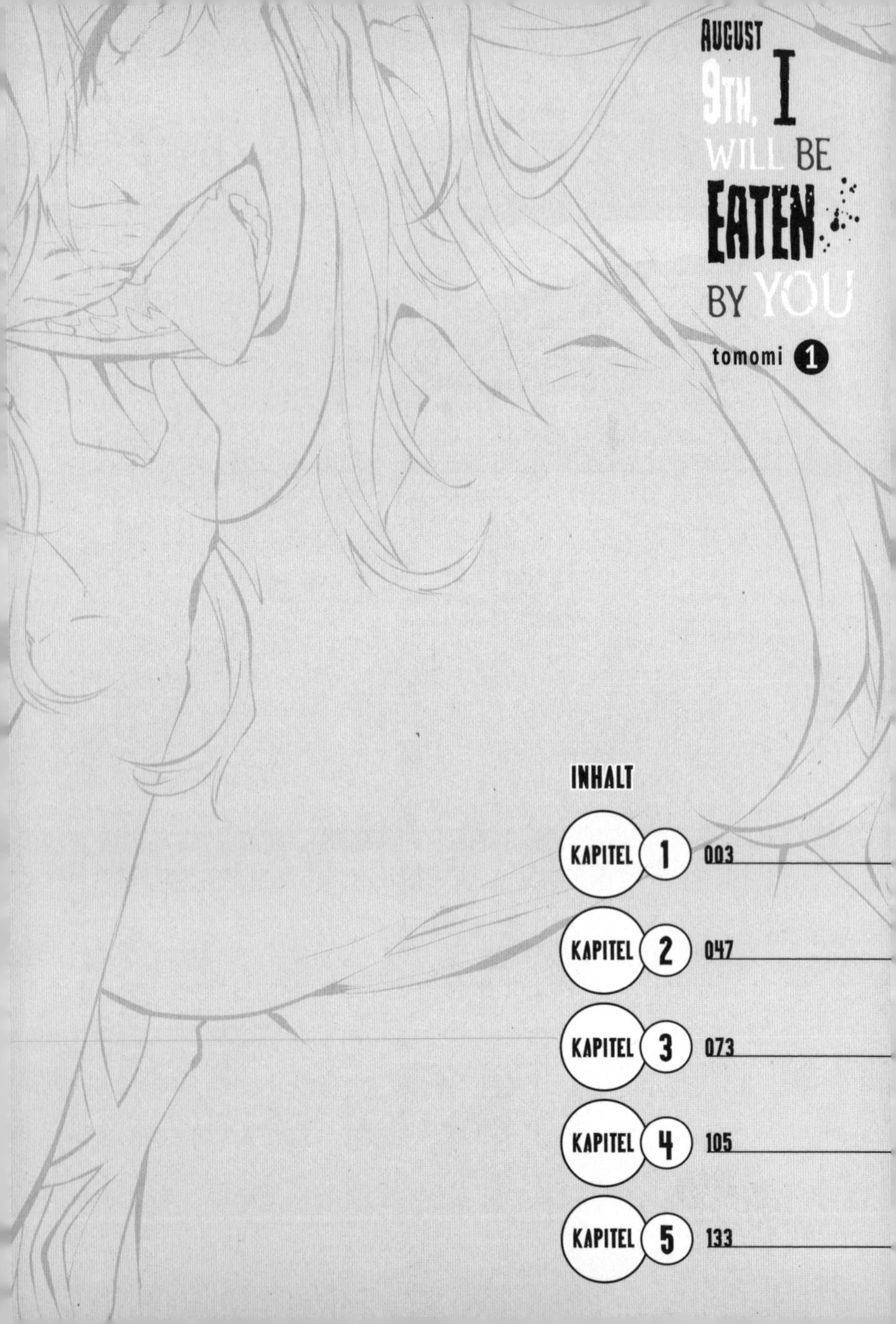

AUGUST 9TH, I WILL BE EATEN BY YOU

tomomi 1

INHALT

Jeder hat eine Vergangenheit...
... die er geheim halten möchte.
Ich habe den Abschaum beseitigt...
... der hinter dir her war!
Miyako ...
Und jetzt, mein liebster Aoi...

KAPITEL
1

... gehörst du mir ganz aaallein!
Den quälenden Albtraum einer Vergangenheit!

So was habe ich noch nie erlebt.
Schon über zehn Fälle…
Immer wieder Stalking.
Ich bin ehrlich…
Das Beste für Ihren Sohn wäre, das Umfeld zu wechseln.
…

Dieser Typ...
Er redet kein Wort.
Aoi Sakurai ...
Das letzte Mal sagte er was, als er sich vorstellte.
Und das war vor einer Woche.
Ganz schön gruselig.
Aber echt.
Viel-leicht ist er tot.
Idio-ten!

Was wisst ihr schon?
Übrigens, hab ich's euch schon erzählt?
Ich hab seit gestern 'ne neue Nachbarin.
Aber ihr würdet mir ja doch nicht glauben.
Die ist rattenscharf!
Erzähl!
Aber … …
Sie muss sich schwer verletzt haben…
Hat den ganzen Arm verbunden.
Den Arm verbunden?!

Bitte nicht!
Die Polizei nützt dir nichts.
Denn deine Stalker…
KCH
AH
UH
… sind keine Menschen.
Aber sei unbesorgt.
Selbst wenn es Monster sind…

Ich werde sie alle töten!
Hey …

UAAAAAAA
AAAAAAH!
Hah…
Hah…
Hah…
Äh …
… Ueda!
Äh, ja?

Ich bin's nur.
Entschul-dige...
...
Wenn dir plötzlich jemand auf die Schulter fassen würde...
Sorry noch mal.
...

Ist okay …
Kümmer dich nicht!
Aber ich darf mir doch Sorgen um dich machen?
…
Ach …
Wie auch immer …
Du hast mir ja neulich diese Stalking-Geschichte erzählt …
Ich glaub, es gibt einen Zusammenhang zu dem Gerücht.
Gerücht?

Diese Frau, von der der Junge eben sprach…
Sie ist auch Thema in den anderen Klassen.
Alle sagen, sie sei sehr schön.
Und jeden, der ihr begegnet, fragt sie aus…
Über einen Schüler, der erst vor Kurzem hergezogen ist.
Das klingt ganz nach dir, Aoi.

...
Miya-ko.
PATSCH
Sie stalkt mich.
Ich kann dir helfen!
?
Ich weiß...
... wo und wie ich dir helfen kann.

Ueda ...
Warte!
Heh...
Komm!

Hier kannst du…
… mir helfen?
Jepp …
Im alten Schulgebäude.
Hab erst neulich davon erfahren…
Es kommt kaum jemand hierher.

Ich mag ruhige Orte...
Und dieser ist genau richtig für meinen Plan.
...
Komm.
Aber ...

Lass uns lieber umkehren.
Ich weiß zwar nicht, was du vorhast…
… aber es könnte gefährlich werden.
Ich hab's doch schon gesagt.
Aber du glaubst mir nicht.
Miyako ist verrückt!
Das weiß ich längst, Aoi!

Deshalb hab ich dich mitgenommen.
KNARK
Miyako kommt mir immer in die Quere.
KNARK
Sie beobachtet dich schon viel länger als ich!
Seit vielen Jahren!
Es gibt eben keine Ordnung mehr.
KNARK

Sieh mich an!
Komm, lass uns Liebe machen!
Nicht weglaufen!
Oder…

... erregt dich diese Form mehr?

Deine Stalker sind keine Menschen.
Verdammt!
Das kann doch nur ein Scheiß-traum sein!
Wenn nicht…
… bin ich gleich tot.
Ich bin tot!
Hab ich dich!

Du verdammte Plage!
SLOSCH
Argh!

Ah...
Ah...
Ah...
Bleib stehen ...
... du feiges Insekt!
Argh ...
Ich werde dich nicht einfach töten...
Du hast meinen Freund verletzt!

Du wirst qualvoll verre-cken!

Halt …
… sagte ich!
Miya-ko…
…
Komm nicht näher!

Warum denn nicht?
Wir haben uns so lang nicht gesehen.
Ich halt's kaum aus vor Freude!
Was tust du hier?
Na, was wohl?

Ich beschütze dich, mei Prinz!
Was sonst, du Dummerchen?!
Und zwar vor diesen Monstern...
... urbane Legenden, Yokai...
Yo... Yokai?
Du hast sie doch schon oft genug gesehen...

Deine Stalkerin-nen!
Wie die Menschen sie nen-nen...
... spielt keine Rolle.

Ich töte alle, die sich unserer Liebe in den Weg stellen!
KRRK
KRRK
KRACK
Ich beschütze dich!
Aber du hast die Wahl...
Dieses Mädchen...
... oder ich?

Von wem würdest du dich lieber retten lassen?
Ver-dammt ...
Eine Zwick-mühle!
Um zu überleben ...
... muss ich diese Irre akzep-tieren!

Ich…
PITSCH
Ich will nicht sterben …
Nicht hier, nicht jetzt.
Bitte, rette mich…
…
Ich will nicht sterben!

Aww.
Zieh doch nicht so ein Gesicht.
Ich bin gemein, ich weiß ...
Aber entspann dich...

Ich bin hier, um dich zu retten.
Was zum Teufel bist du?
Aoi...

Hast du noch nie von der legendären Schutzwölfin gehört?!

... Sweetie ...
Es ist vorbei ...
Du bist sicher.
Sieh mich an...

Reich ich dir etwa nicht?
Ob das jetzt so gut war...?
Scheiße ...
Im-merhin lebe ich noch.
Hey, Aoi...
Hör zu...

Ich hab dich...
... schreck-lich lieb.
Ich würde alles...
... für dich tun.
Ich hab keine Wahl...
Komm, lass uns zusammen sein.
Ich muss ihr gehorchen.

Hihi...
Hey!
Geh weg!
Aber es ist grad so schön...
Und wenn ich weggehe...
... bist du wieder in Gefahr.
Kannst du sie sehen?

Es gibt noch mehr…

Ein Alb-traum!
Aber keine Sorge...
Ein verfluchter Albtraum!
Ich bin jetzt für immer bei dir.
... die es auf dich abgesehen haben.

Hach...
Ist das schön!

AUGUST 9TH, I WILL BE EATEN BY YOU

AUGUST 9TH, I WILL BE EATEN BY YOU

KAPITEL 2
Oje...
Derselbe Traum.
Wie damals. Es ist die Hölle...
Hah!
Hah!
Wach auf!
Wach auf!
Hah!
Wach auf!

KAPITEL 2
WACH AUF!
Guten Morgen!

Träum ich immer noch?
Schlaf ruhig weiter …
… wenn du noch müde bist.
KLACK-

Doch aufgestanden?
Was tust du hier?
Ich hab doch versprochen, immer bei dir zu sein.
Hab mir ein paar deiner Klamotten geborgt.

Wie ist sie reingekommen?
Deine Stiefmutter ist wohl arbeiten, wie?
Muss ihr unbedingt Hallo sagen.
Und seit wann ist sie hier?
Ich hab was zu essen gemacht.
Ich muss hier raus. Sofort!
Stopp!

Du willst doch nicht weggemopst werden!
Uaah!
Sie wartet schon die ganze Zeit.
Aber keine Sorge…

Störenfriede werden abgeschlachtet!
KRAXX
HIK!
BATAM!
Scheint abgehauen zu sein.
Also doch ein Albtraum …
Essen wir?

Oder eine alb-traumhafte Realität.
Aoi...
... mach Aaah!
...

Du liebst Omelett nicht wahr?
Woher weißt du das?
Ich mach dir ein Lunchpaket.
Wenn du was nicht magst, sagst du's, ja?
Wird schon nicht vergiftet sein, oder?
Ich mach dir, was du willst.
...

Schmeckt's?
...
Na prima!
Und du?
Isst du nichts?
Ich hab keinen Hunger.
Weil du... dieses Wolfdings bist?
Vielleicht, ich weiß es nicht.
Was seid ihr? Und warum seid ihr hinter mir her?
Wenn ich dir vertrauen soll, rede!

Die Menschen nennen uns Yokai, Wesen aus den urbanen Legenden…
Abkömmlinge von irgendwas.
Mehr weiß ich auch nicht.
GWITSCH
GWITSCH
Ich dachte, du wüsstest, wie alles angefangen hat.
Aoi?
Nein.
Ich weiß nichts.
Gar nichts …

Verheim-
lichst du mir
etwas, Aoi?

Du verwandelst dich doch nicht dann und wann?
Oder bist du nur ein Dieb?
Aoi?!

Hör auf!
Hör auf mich zu löchern!

Wenn du weiter-bohrst, dann...
Tötest du mich?
Ja!
Okay.
Ich mein's ernst!
Wenn es dich beruhigt ...
Dann aber...
... bitte auf eine unvergess-liche Art.
Sodass ich für den Rest deines Lebens dein Trauma bleibe!

Solange es für dich ist, tue ich alles, mein Liebster!

...
Hmpf...

Es ist okay.
Auch wenn du eine dunkle Vergangen-heit hast…
Ich würde dich nie ver-achten.
Wie könnte ich?

Lass mich einfach für immer bei dir sein.
Ab hier geh ich ohne dich.
Dann warte ich hier, bis die Schule vorbei ist.
…

Miyako...
Stell mich nie wieder auf die Probe.
Du bist für mich nur eine kranke Stalkerin...
Nur damit das klar ist.
...

Schon klar!
Alles, was zu deinem Besten ist.
Dazu zählt auch, bei dir zu sein.
Ich muss jetzt los.

Bis später…
…
Uh …
Uhuu …
Uhh …
PITSCH

Haaa!
Haaa!
Selbst wenn er so gemein zu mir ist!
Haaa!
Er ist so süß...
Haaah!
Haaah!

Ich will ihn…
…
Moment, ich rieche eine von ihnen.

Es wird aufregend...
Denn bald...
... naht der 9. August!

Eine von ihnen ist hier…
KAPITEL 3
Sie ist hier…
Nur wo?

Wo ist sie?
Wo steckt Ueda eigentlich?
Noch nicht gehört?
Sie hat die Schule gewechselt.
Was?! So plötzlich?!

Mehr weiß ich auch nicht…
Sie ist von heut auf morgen weggezogen.
Unglaublich!
Vielleicht weiß Aoi mehr…
Sie waren gestern noch zusammen.
Frag ihn doch mal.
Ich mag nicht, frag du ihn.

Ich mag auch nicht.
Er ist irgendwie…
… unheimlich.
Wo gehen wir essen?
Lass erst mal los.
…
Ist sicher überall voll.

Ihr redet und redet …
… und wisst gar nichts.
Aber würdet ihr's hören…
… würdet ihr's auch nicht glauben.
Was würde Miyako wohl tun…
… wenn sie das hier mitbekäme?
Vermut-lich…
Aoi, schau mal.

Hab ich gut gemacht, oder?

Großer Gott!
...
Alberne Vorstel-lung.
Guck mal da!
Wo?
Am Schultor!
Da geht irgendwas ab!
Was ist da los?

Verdammt!
Wer ist das?
Die Frau, von der alle reden?
Was sucht sie hier?!
Ganz anders, als ich sie mir vorgestellt hab.
Noch schöner.
Du hast einen komischen Geschmack.

Miyako!

Aoi!
Ich hab nur was gesucht.
Mist-stück…
Was führst du im Schilde?
Ich will nichts mit ihr zu tun haben, dennoch muss ich sie im Auge behalten.
Das ist Aois Stalkerin.
Echt jetzt?!
?

Hat Ueda jedenfalls gesagt.
Ach?
Meinst du…
… sie hat vielleicht ihretwegen die Schule gewechselt?
Was sagst du dazu, Aoi?
Ähm…
Ich hab gehört, an deiner letzten Schule war sie auch schon hinter dir her.
Von wem hast du das gehört?
Von Ueda?
…
Keine Ahnung.

Okay…
Das Gerücht ist in der Welt.
Nun denn…
Was kann ich tun?
Ich könnte es hier und jetzt bestätigen…
Und meine Position wäre gerettet.

Ich könnte ihnen sagen…
… dass ich das Opfer bin.
Nur aus Angst habe ich bislang geschwiegen.
Das würden alle verstehen.
Ich mag diese ganzen Idioten zwar nicht…
Aber was soll's!
Tut ja nicht weh.
Ich bin das Opfer…
Und jetzt raus damit!

Ich ...
Okay Leute...
Ich gestehe ...
Ich musste Ueda loswer-den.

…
Also doch!
Ist das übel.
Hey, was ist hier los?
Die arme Ueda!
Was ’ne Bitch!
Sie hat sicher noch mehr getan.
Meinst du?
Klar!
Kein Zweifel!

Was zur Hölle?!
Diese Leute!
Sie gehen eindeutig zu weit!

Aber Miyako ist auch komisch…
Bezichtigt sich vor allen der Tat.
Klar, dass es so kommen musste.
Sie hat dadurch nur Schaden.
Warum hat sie das getan?
Verpiss dich von hier!
Glaubst du, wir würden dir vergeben?!
Interessiert mich nicht.

Ich würde mich komplett für ihn aufgeben ...
Mein Ansehen, meinen Körper... Alles!

Es gibt nichts, was ich bereuen würde.

Solang ich dich beschützen kann, ist mir alles recht.

?
Was soll das?!
Ist das spooky!
Verpiss dich!

Argh...
Uh...

Aoi...
Au...
Was hast du vor, Aoi?
Spielt das eine Rolle?
Ihr kapiert doch sowieso nichts!
Ihr Idioten!
Aoi!

Es blutet nicht mehr.
Klappe!

Warum bist du aufs Schulgelände gekommen?
Sie ist hier... die, die ich heut früh verjagt habe.
Sie hat sich unter die Schüler gemischt.
Aber ich hab ihr Gesicht gesehen.
Ich werde sie erledigen.
...
Ich kann unmöglich noch in diese Schule gehen.

Prima, dann haben wir mehr Zeit für uns.
Das ist nicht witzig.
Und lass mich los!
Aoi, du warst so cool eben!

Dass ich mich für jemanden aufgebe …
… würde ich nor-mal nie sagen.
Selbst meine Mutter …
… würde so etwas nicht zu mir sagen!

Und?
Warum sagst du's dann?
Gaah...
Weil... ach...

Reiz mich nicht…

AUGUST 9TH, I WILL BE EATEN BY YOU

August 9th, I will be eaten by you

KAPITEL 4
Aoi?
Warum öffnest du nicht die Tür?
Ich bin es!
Ts...
Aoi!

Ein Hausbesuch?
KAPITEL 4
Da ich seitdem nicht mehr in der Schule war ...
... und meine Ma mich nicht entschuldigt hat...
... kommt heut meine Klassenlehrerin vorbei.
Verstehe...

Wenn sie dich hier sieht, könnt's komisch werden.
Bleib bitte draußen, bis sie weg ist.
Sie wird schon nicht so lange bleiben.
Aber wenn sie eine von ihnen ist, hast du ein Problem.
Wenn es dazu kommen sollte, wirst du mich ja retten!
Ich weiß, das ist egoistisch…
Richtig?
Aber für Miyako ist es okay.
…

Natürlich...
Wenn was ist, bin ich da.
...
So machen wir es ab jetzt!
Wenn was ist, ruf mich.
Und wenn nichts ist, auch...
Nur mich.

Früher oder später wird der Tag kommen, an dem du die Tür nicht mehr für mich öffnen musst.

Verdammt, sie ist wirklich penetrant…
Los, wir machen einen Test!
Sie ist gefähr-lich.
Wie willst du mich denn rufen?
Noch ist sie nicht da, deine Lehrerin…
Lass ihn in Ruhe!

Das...
... ist ja wohl...
Hände weg von meinem Schüler!

Keine Angst, Aoi!
Ich rette dich!
A... Alles okay ...
Oh...
Tut mir wirklich leid...

Wenn ich mich aufrege, vergess ich mich immer.
Darf ich mich vorstellen? Ushimi mein Name…
Aois Klassenlehrerin.
…

Entschuldige, Miyako…
Hätte ich gewusst, dass du seine Cousine bist…
Aber zum Thema …
…
Gibt es jemanden, der auf dich aufpasst?
…

Miyako bleibt ruhig.
Dann ist meine Lehrerin wohl keines dieser Dinger…
Das heißt erst mal Entwarnung.
Das Problem ist…
Wie redet man mit normalen Menschen?
Ich weiß es nicht mehr.
Ich habe etwas mitgebracht …

Kekse...
Selbst gebacken.
Bitte sehr!
...
Es sind meine ersten...
Hoffentlich schmecken sie.

Schließlich möchte ich, dass wir uns gut verstehen.
Ganz ehrlich …
…
Danke…
Ich habe Angst, mit Menschen zu reden.
Wohl bekomm's!
Aber mit ihr…

Du siehst erfreut aus...
Bei mir siehst du nie so er-freut aus.

Aoi...
!
Ähem ...
Du kannst sie auch später essen.
Ich lass die Schachtel hier...
Hm?
O... Okay...
Dann später.

Erlaube mir bitte eine Frage, Aoi…
Wann gedenkst du wieder zur Schule zu kommen? Wir vermissen dich alle.
Was…?
Deine Klasse hat viel Verständnis für dich.
Ich habe mit allen gesprochen.
Und wenn du erst mal die Sache mit dieser Miyako aufklärst …

Im Grunde sind sie alle ganz lieb.
Das ist nicht wahr!
Was?
Sie verbreiten Gerüchte über andere und werfen mit Steinen!
Nur weil Sie mit denen geredet haben, werden die nicht zu Engeln!
Niemals!
Aber, Aoi...

Du glaubst mir, deiner Lehrerin nicht?

Ich werde dir doch keine Lügen auftischen.
Was ist das?
Wenn ich dir schon eine Chance gebe...
... musst du auch mitarbei-ten.
Ihre Stimme ...
Sie dringt tief in meinen Kopf ein.
Du bist doch ein guter Junge...

Ich habe das Gefühl, ich muss ihr gehorchen.
Oder?
Mein Aoi?
Sie macht mir Angst!

Du gehörst mir...
Was passiert hier?
Aoi...
Mein Gott!
Hilfe!
Miyako!

Ja, bitte ...
... mein liebster Aoi?

tomomi
August 9th, I will be eaten by you
Band 1
160 Seiten
Softcover, sw, 12,5 x 18 cm

HAYABUSA
www.hayabusa-manga.de

tomomi
AUGUST 9TH, I WILL BE EATEN BY YOU
HAYABUSA

Entschuldige …
Es kam einfach über mich…
Ich habe mich schon wieder vergessen.
…
Ist wohl besser, wenn ich mich jetzt verabschiede.

Miyako, bist du da?
Miya-ko...

Kann ich dir trauen?
Miyako...

Seltsam ...
Heut Mittag hast du noch anders gerochen.
Was bist du?
Erzähl mir alles...

... bevor
du stirbst...

KAPITEL 5
Hast du die Schüler manipuliert?
Antworte!

Weiß nicht. Hab ich das?
Es gibt viele Mutanten unter den Schülern.
Lüg mich nicht an. Du und sie, ihr seid die einzigen hier.
Du weißt offenbar gar nichts!

Niemand kann ohne Weiteres Mutanten ausmachen.
Auch wenn es den einen oder anderen Unterschied gibt.
Was du wahrnimmst, sind solche, die sich nicht beherrschen können oder wollen.
Ich habe heute absichtlich die Beherrschung verloren...
Denn ich scheiß auf deine Kräfte.
Na schön...

Wenn das so ist...
... kann ich ja wie bisher weitermetzeln.
Du betrachtest die Dinge zu einfach...
Du passt gar nicht zu ihm.

Was er braucht...
... ist eine wie mich, die ihn erziehen kann.
Die sich Zeit für ihn nimmt...
... ihm alles bei-bringt...
... und ei-nen ganzen Mann aus ihm macht.

Ich kann es kaum erwarten, ihn zu formen!
Seinen Geist, seinen Körper…
Alles an ihm.
Bald wird er nichts mehr ohne mich tun können!

Schon die Vor-stellung erregt mich!
Wenn ich dich so höre...
... denke ich, da redet ein Mensch.

Von wegen »erziehen«!
Was spielt das für eine Rolle?
Allein die Liebe zählt!

Meine Liebe, nur die braucht er!

Was das
für eine Rolle
spielt?
Du
wagst
es...
... meine
Worte in
Frage zu
stellen?!
Du...
Du weißt
wirklich nicht,
mit wem du
es zu tun
hast?!

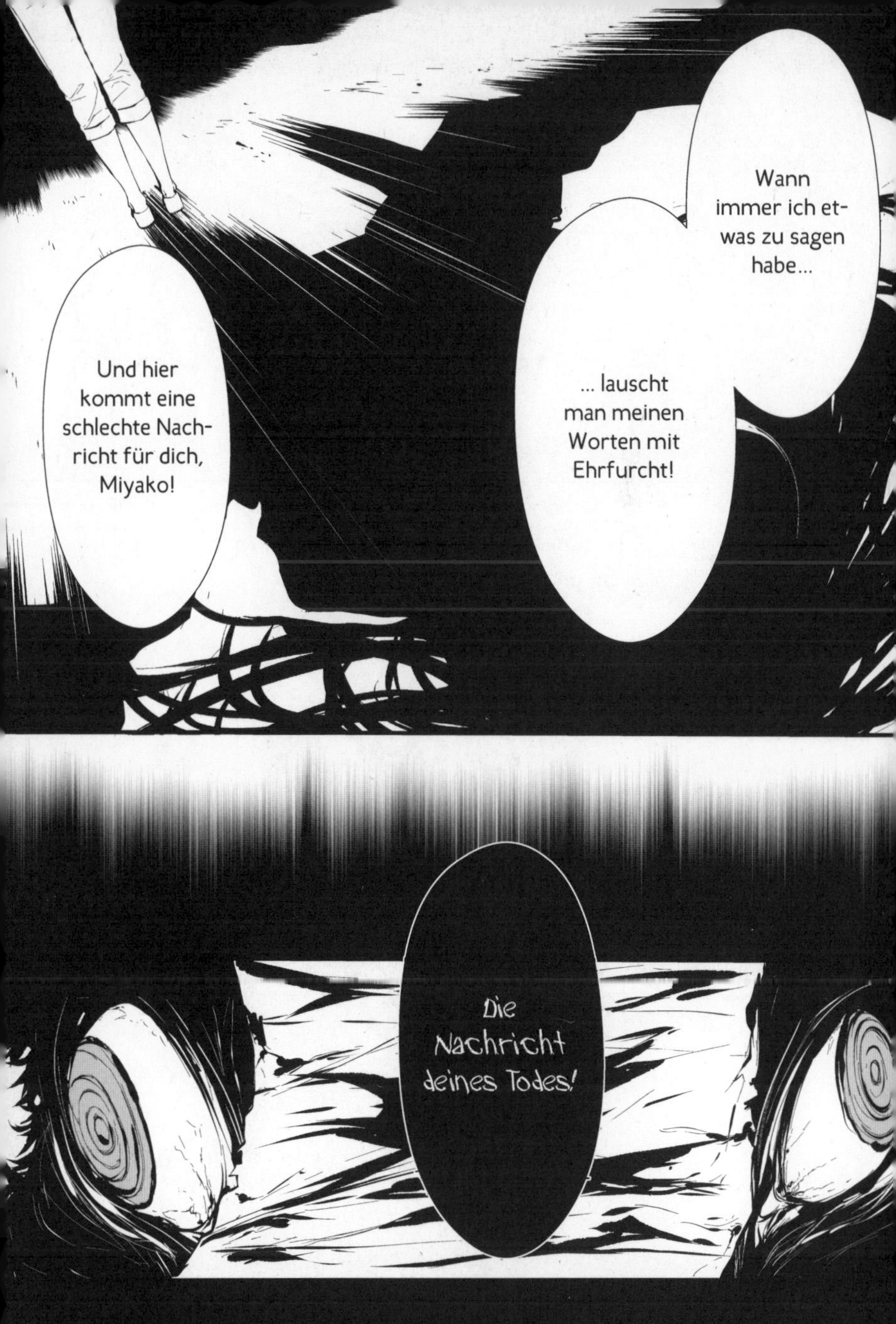
Wann immer ich etwas zu sagen habe...
... lauscht man meinen Worten mit Ehrfurcht!
Und hier kommt eine schlechte Nachricht für dich, Miyako!
Die Nachricht deines Todes!

Denn ich bin Gyujo, die Gehörnte!

Schön für dich, stirb!
!

Kapierst du nicht, Miyako?
Ich verkünde hier deinen Tod!

Hast du geglaubt, du könntest dich mit mir an- legen?!

Der kleinen Maus dahinten…
… hab ich gesagt, dass ich ihr helfen werde!
Auch wenn ich sie danach umgebracht habe.
Die rationale Überlebensstrategie einer Bestie, Miyako…
Haha…
Willst du mir jetzt Unterricht erteilen, Frau Lehrerin?

Du lang-weilst mich!

Redest von Rationalität...
... und bist krank vor Liebe.
Du kannst mich nicht aufhalten ...
Deine Überheblichkeit steht dir im Weg!
Denn es ist so weit...

Ich platze!

Wirklich schade…
Ich war wohl der wahren Bestie nicht gewachsen.

Nächstes Mal töte ich dich.
Für dich gibt es kein nächstes Mal.
Vielleicht nicht.
Dennoch werden wir uns wiedertreffen.
Und dann…
Und jetzt hör mir zu…

... denn ich habe ein gutes Omen zu verkün-den.
Ein Zauber wird die Stadt vergiften...
... und nichts davon wird in die Geschichte eingehen.

Ich bin dein Gelaber müde.
Es ist alles deine Schuld…
… Miyako!
Oder dessen …

... was von dir übrig ist.
FORTSETZUNG FOLGT...

AUGUST
9TH, I
WILL BE
EATEN
BY YOU

AUGUST 9TH, I WILL BE EATEN BY YOU

ist eine japanische Serie, die originalgetreu von »hinten« nach »vorne« und von rechts nach links gelesen wird! Schlagt das Buch also »hinten« auf und blättert Seite für Seite nach »vorne« weiter! Auch die Bilder und Sprechblasen werden von rechts oben nach links unten gelesen, wie es in der Grafik gezeigt wird! Wir wünschen gute Unterhaltung!

HAYABUSA
Carlsen Verlag GmbH · Hamburg 2022
Aus dem Japanischen von Jens Ossa
HACHIGATSU KOKONOKA BOKU WA KIMI NI KUWARERU vol. 1

Originally published in Japan in 2020 by TAKESHOBO CO., LTD., Tokyo.
German translation rights arranged with TAKESHOBO CO., LTD., Tokyo, through TOHAN CORPORATION, Tokyo.
Covergestaltung: Laura Bartels – Sonnenfisch Production
Redaktion: Germann Bergmann
Herstellung: Maria Niemann

ISBN: 978-3-551-62246-4

EAT THE FALCON
www.hayabusa-manga.de
www.carlsen.de
hayabusa_manga
HayabusaTweets